养只**公鸡**当宠物？

[印度] 阿努什卡·拉维尚卡尔 /著
[意] 埃曼纽尔·斯坎吉亚尼/绘
柳　漾/译

中国中福会出版社

爸爸路过货摊放慢脚步,
买了一只新宠物。

这只小鸡就像橙色小球,
毛茸茸,胖嘟嘟。

唧唧

圆溜溜，摸起来又软又柔，
毛乎乎的小鸡宝宝真可爱，

唧唧

唧唧

唧唧

唧唧

唧唧

唧唧

唧唧

唧唧

简直就是唧唧叫的棉花球……

可它长大实在没用多久！

爸爸还天真地以为

它一直会是那个小棉球。

显然他没想到一个问题：
小棉球迟早要变成大公鸡。

所以我们有了一只公鸡，

没错，我们养了一只公鸡。

噗啦

噗啦

噗啦

噗啦

说真的，你试过养只公鸡当宠物？

它把橱柜据为己有，

还总是在床上逗留；

它尤其喜欢高处，

比如爸爸的秃头。

就是这样一只公鸡，

咯咯

昂首挺胸，

咯咯

咯咯

咯咯

咯咯

就是这样一只公鸡，

咯咯

神气无比，

咯咯

咯咯

谁说宠物不会洋洋得意？

如果它是只小狗，

我就能带着它到处散步；

如果它是只鹦鹉，

我就能教会它说话数数；

如果它是只小猫，

它也会陪我玩，让我撸；

如果它是只孔雀，

那它就可以教我跳跳舞……

可我们的宠物是只大公鸡！

天啊，我们养了只公鸡当宠物！

谁会养只大公鸡当宠物？

它总爱抢我的早餐，
还偷吃妈妈的午饭；

嘟嘟

嘟嘟

嘟嘟

嘟嘟

嘟嘟

嘟嘟

嘟嘟

嘟嘟

要是它实在想吃东西，
就连珠宝也能吞进肚里。

它总是悄悄溜进厨房，

看看什么东西可以吃。

别以为它最爱吃素，

它吃起肉来才叫得意。

哎呀，我们养了只公鸡，

一只好饿好饿的大公鸡，

吧唧

吧唧

吧唧

吧唧

吧唧

吧唧

吧唧

吧唧

吧唧

而且总是饥肠辘辘，
就是这样一只宠物！

喔喔———喔，它使出浑身解数，
无论是早上，晚上，还是中午；

它总是不让我们早点睡熟，
天还没亮就开始叫醒服务……

妈妈说我们带它去公园，
给它自由；

爸爸同意让它走，
就送到切鸡店里头。

噢，

你想要一只大公鸡吗？

请联系我们，快快带走它！

拜托，

就说你想要我们的公鸡当宠物吧！

图书在版编目(CIP)数据

养只公鸡当宠物? / (印) 阿努什卡·拉维尚卡尔著;
(意) 埃马纽尔·斯坎吉亚尼绘 ; 柳漾译. -- 上海 : 中
国中福会出版社, 2023.8
　　ISBN 978-7-5072-3544-9

　　Ⅰ. ①养… Ⅱ. ①阿… ②埃… ③柳… Ⅲ. ①儿童故
事—图画故事—印度—现代 Ⅳ. ①I351.85

中国国家版本馆CIP数据核字(2023)第070884号

A Rooster for a Pet? text by Anushka Ravishankar, illustrations by Emanuele Scanziani.
Original Edition © TARA BOOKS PVT LTD, Chennai, India www.tarabooks.com
All rights reserved.

本书简体中文版由Tara Books Pvt Ltd授权中国中福会出版社独家出版。
著作权合同登记号图字: 09-2023-0019

养只**公鸡**当宠物?

著:[印度] 阿努什卡·拉维尚卡尔
绘:[意] 埃曼纽尔·斯坎吉亚尼
译:柳　漾
出 版 人:屈笃仕
责任编辑:康　华
美术编辑:苏良亮
出版发行:中国中福会出版社
社　　　址:上海市常熟路157号
邮政编码:200031
印　　制:上海雅昌艺术印刷有限公司
开　　本:787mm×1092mm　1/12
印　　张:3 ²/₃
版　　次:2023年8月第1版
印　　次:2023年8月第1次
书　　号:ISBN 978-7-5072-3544-9 / I·913
定　　价:48.00元